句集

異邦の神

高橋亜紀彦

朔出版

亡き妻　景子へ

異邦の神　目次

句集　異邦の神

Ⅰ 亜麻色の髪

二〇一八年―二〇一九年

九二句

二〇一八年

われといふ木偶の顔にも初明り

鏡餅小さし蜜柑もまた小さし

ダウンジャケット破れ天使のごとき君
明日からは春の炬燵となる炬燵

春の来し宅配便のやうに来し
鞦韆に背凭れはなし黄昏るる

少女来て鉢の菫に会釈する

耳打ちしくすくす笑ふ桃節句

陽炎は齢とおなじ追ひ越せず
花疲れ体に水を足してやる

蝶抓み煙草の脂に汚しけり

校庭に白線を引きかぎろへる

少年の素朴な問ひやかぎろへる

側溝に蓋なき頃や田螺鳴く

若いとは言へざる齢春蚊出づ

神社仏閣苦手なりアガパンサス

夕涼みのために衣服を身に付ける
かたばみの日陰者なる吾にも咲く

何度開けてもないものはない冷蔵庫

梅雨明けて休ませてゐる傘の骨

シェパードをテラスに洗ふ夏休み

油蟬脳を芯に鳴いてをり

夕涼み疲れし月の出でにけり

顔中で只管西瓜喰ひにけり

コスモスの群れゐて凭れ合はぬなり

ぷらぷらとプラネタリウム出でて月

いさぎよく散るを知らざり曼珠沙華

野球部の二軍にをりし獺祭忌

職務質問ただしく拒む月夜かな

猪割くや肉食女子の矜恃なる

ワイパーの届かぬ辺り時雨れけり

日向ぼこサナトリウムにゐるごとし

クリスマス明けて逝きけり犬のヒロ

灯油売る唄の聞こゆる師走かな

二〇一九年

元旦や異邦の神に祈りたる

朝焼を鴉の通る淑気かな

一月の花見当たらぬ花時計
その唇に触るることなく梅の花

たれぞ知るわが春愁の奇なりけり

レバ韮の韮は水仙かも知れず

白魚を煮て凡庸な白さかな

刃を入るる春のキャベツの柔肌に

猫の恋ただおとなしき犬の恋

適当に処理せよ春の愁ひなら

うららかや妣の坐椅子に妻の坐す

初ざくら古木も若き花つけて

クラムチャウダー木匙に掬ふ花の冷

花吹雪浴ぶ自裁には遅すぎる

菜の花の向う奈落の海ありぬ

菜の花や幻視のやうに柩車出づ

ＹＥＳ・ＮＯ枕ありけり昭和の日

少年は亜麻色の髪夏来たる

黒蝙蝠傘を仮の日傘とす
水玉の洋傘にして梅雨を待つ

星涼し夜勤帰りの缶珈琲

わが敵はわれでありけり蟻地獄

プワゾンをつけたる妻を畏れけり

妻の魂さすらひ始む夜の秋

不自由は瑕瑾にあらず夏の草

コンビニで流行らぬものを買ふ夜涼

仙人掌の永き夢から醒めて赤

妻、発症す

一過性脳虚血発作や花ダチュラ

珍妙なキリンビールのロゴ・麒麟

七夕や雲の上なら晴れてゐる

鍋底を束子で擦る原爆忌
夕月の路渡りたるチマチョゴリ

花野への順路を風に委ねけり

月光や病める脳を照らしたる

受付のをんなが怖し唐辛子

失格の夫なるわれときりぎりす

菊日和今しあはせと妻が言ひ

妻よりも先には死ねぬ秋の蠅

刻々と蝕んでゆく夜の長し

安穏とテレビに祈る大野分

曼珠沙華汝もサイコパスかも知れず
陽気なる酔漢赤い羽根つけて

秋刀魚焼く火災報知器オフにして
分限者も貧乏人も焼秋刀魚

禁書読むことの愉悦や文化の日

コンビニの中華饅頭冬に入る

熱き飯素手に摑みて憂国忌

初時雨街は暮色となりにけり

西口に居並ぶ易者紙懐炉

礼拝の帰りのおでん屋台かな

仕合せは半分餅で出来てゐる

病む妻に生かされてをり根深汁

日向ぼこ詠むためにする日向ぼこ

冬麗や夫婦句集を思ひつく

閉鎖病棟保護室にありクリスマス

保護室にナースの運び来る聖菓

冬晴や裟婆の空気の旨きこと

恋人たちの日でよろしクリスマス

II ポルシェの家

二〇二〇年

九四句

神ありと賭して眠りぬ去年今年

元旦や将棋倶楽部の開くを待つ

女正月すべてあなたの言ふ通り

おでん鍋ロールキャベツのバタ臭き

ずわい蟹鍋より手足伸びにけり

浮寝鳥わがしはぶきを聞き流す

「死は怖し」との措辞のあり鬼房忌

大寒の湯気もうもうと児の尿

大根を卸し殆ど水となる

春立つやみな黙しをる喫煙所

妻と漕ぐふらここまたもすれ違ふ

チャットして春のうらみを分かち合ふ

自画像、あるいは原罪と救済

——句集『異邦の神』栞

五十嵐秀彦

会ったことがないのだ。しかも声すら聞いたことがない。私と亜紀彦さんはそんな関係である。二十年近く交友関係が続いているのは、思えば奇怪なことだ。だからふたりのコミュニケーションはネット上の文字のやりとりだけで成り立ってきた。私は俳句という小窓を通して長い年月彼の人生を覗き見てきた。家族、母性礼讃と妻恋、底を流れる原罪意識。そうしたものが彼の私小説的な俳句世界を作っている。

氏の第一句集『蘭春』に私は次のような跋文を書かせてもらった。〈「支え」としての妻の存在を隠すことなく吐露し、そこに自分の弱さをさらけ出すことさえ躊躇わない作句姿勢は、亜紀彦さんという俳人の大きな特徴である。この、ある意味フィクショナルとも受け取れる家族図絵は、ときに信仰の形となって再構成されもする〉。第二句集『石の記憶』では山﨑十生さんが序文でこう書いていた。〈作者は虚構の力を遺憾なく発揮して、（略）ドラマ性を引き出す演出家に徹している〉。さすが山﨑さんは亜紀彦という俳人の真の姿を直視している。

彼の三冊の句集はまるで三章構成の私小説のようだ。

彼女の孤独わたくしの孤独　百合　『蘭春』

妻よりも先に逝きたい春の蝿

妣の名の入りし日傘を妻の差す　『石の記憶』

『異邦の神』

うららかや妣の坐椅子に妻の坐す

妻よりも先には死ねぬ秋の蠅

逝く秋や妻の瞼を指で閉づ

妻・景子さんとの出会いから別れまでの時間が流れている。母と妻のイメージとが重なってゆく。母の最期を強い魂のつながりの中で過ごした著者は、同じものを妻に求めていった。悲劇的なのはその妻もまた自分より先に逝ってしまったことだ。そうした自分の生活史をかなり具体的に書き続けている。読者にその経緯を誤読されるのを恐れているかのように、丁寧に書いている。ここに著者の強烈な意思の力を感じる。この自画像、あるいは山﨑十生さんが「虚構」と呼んだものはなんのためのものか。私は、「原罪意識と救済」という目的あっての物語であると確信している。それはきわめて信仰的な目的だ。しかし次のような句にはたしてそれが見て取れるだろうか。

信徒の書ページ繰るほどあたたかし

こんな濁世に福音の小鳥来る

星涼し邪悪なわれを主は愛す

これは誠実なクリスチャンの句ではあるが、それ以上ではない。明示的な信仰の句に、彼の矛盾に満ちた救済願望を書き込むことは憚られたのだろう。これは違うのだ。

花吹雪浴ぶ自裁には遅すぎる
失格の夫なるわれときりぎりす
墓場まで持つて行くこと毒きのこ

死ということに怖れを抱きながら、それに目をつぶって生きてきた。その間、愛する人たちが死んでいった。自分より先に逝ってはならぬと祈った妻も先立ってしまった。しかたがないこととは思えない。自分の原罪の結果だと感じ、怖れている。だが同時に原罪意識を持つ限り自分は神に愛されている、とも思う。ドストエフスキーの『罪と罰』の世界観に近いものが著者の中に蟠っている。妻こそは彼のソーニャであった。そこに救済の存在を感じ、すがる思いで彼は生きてきた。生きている自分を演じてきた。どちらでも同じことだ。

彼の句にむずかしいところはない。むしろ平易な句が多い。それでもなお、その底にあるもの、読者に見つけてもらいたがっているものを捕まえるのは容易ではない。しかしそれを見つけてしまったとき、「コンビニで流行らぬものを買ふ夜涼」や「日高屋の湯麺啜るみどりの日」のごとき一見平凡を装いつつ虚無感のにじむ句に、日常の闇の深さを盗み見る畏れを感じるのだった。

（いがらし　ひでひこ／「itak」「アジール」代表、「雪華」同人）

白梅や詩人は生くるためにに書く

ルサンチマン詩集に滲み梅真白

結局は妻と目刺を焼きにけり

シーツ干し春の光を溜め込めり

春の健診あちこちに行かさるる

菅野美穂そつくりの女医花粉症

死を想ふ人から翳す春火鉢

春日傘買うて何処にも出掛けずに

後先を考へてゐる猫の妻

梅林を抜けて嗅ぎ合ふ二人かな

力まずに弛まずに生く紙風船
かたかごの花に囁く少女かな

青空やポルシェの家の猫柳

初蝶やまつろふ風となり末路

沈丁を慎み知らず嗅ぎにけり

一花だに風に零さず花辛夷

緊急事態宣言の夜の菜飯かな

分針はパンジーに触れ花時計

花満ちて斜に構へるを忘れけり

次々と支へなく散る桜かな

黙々と過去を穿る蜆汁

菜の花や人みな明日を諦めず

俺遺し死ぬな死ぬなよイースター

最後の煙草もみ消して立夏なり

恐竜の小さく生まれ蜥蜴なり

うなぎ屋の二階に古りし戀のあり

超然と信号無視の夏つばめ

耳鳴りは軽き宿痾や梅雨に入る

なんとなく不定愁訴や木下闇

白服やカレー南蛮食べ残す

梅雨深し病夫病妻よく話す

ルーペにて毛虫を焼いて黙禱す

本日は区民プールに人魚ゐず

雷鳴や遺贈のストレッチャー蒼し

をんな寝ね難し荒梅雨さざめきて

海開きなし煩悩のありどころ

レントゲンわが骨すらも裸なり

愚痴を聞き冷し中華に相槌す

涼風至る粛々と死支度

コンソメの素溶け残る我鬼忌かな

秋立つやマスクで見えぬ髭を剃る

薄味の粥に塩ふる原爆忌

はつあらし未練断つ日がいつか来る

鬼灯を鳴らして妻と和解せり

黒葡萄栄光在主とふ言葉

信仰を詠へぬ鴉ゐて秋思

独りきり月の砂漠に蹲る
恐らくは月はいつでも夜なりぬ

だんだんと少女めく妻夕花野

月で見るあまたの星の美しからむ

噂なり月に死体のねむりたる

すがれ虫すがれて鳴きぬニュータウン

鉄棒の鉄の匂へる良夜かな

竜胆の濃き紫をなほも欲る

長き夜や使ひみちなき砂時計

秋さうびと口に出したら淋しくて

十六夜の闇靡かせてをりにけり

パン屑を広場に撒いて小鳥待つ

秋寒や妻に厚地のガウン買ふ

蟲すだく決起前夜のごとくかな

人を恐れず盲目の奈良の鹿

銀漢や逝きし縁者を数へたる

渋柿を鬼のごとくに喰らひたる
鹿の目に映るわが貌老いにけむ

ベランダの妻に呼ばれて十三夜

逝く秋やいつしか孤立無援なる

ポタージュにトースト浸す冬隣

冬立つや便座にタイツ穿かせたる

コロナ禍の不機嫌なまま冬の街

凍空や猫が暖とるボンネット

4Bの線やはらかき小六月

脂身が脂身と化す牡丹鍋

紅潮の佳人マフラー編みしかな

ジャンパーや羊の革はすぐ傷む

第三波来たる勤労感謝の日
餡まんを割る漆黒の夜なりけり

パンに塗るレバーペースト開戦日

讃美歌に誤訳のありてクリスマス

あたばうよ唐変木め江戸の暮

数へ日の二八蕎麦をば啜りけり

魚屋に淡き思ひを冬ざくら

ニュータウンいづくに除夜の鐘の寺

III 祈望

二〇二一年

九二句

初日浴ぶ過眠の妻をそのままに
透きとほる妣直伝の雑煮汁

シャワーだけ手早く浴びて初湯とす

臘梅や生きてゐてなほ透き通る

寒卵けふは滋養を信じ込む

はうたうに人参多き嬉しさよ

春隣妻の寝息を確かむる

子に逢へて噦りあげたる雪の精

立春の正午を指せる花時計
いしぼたんひとをのろひしおぼえなし

春寒や詫びねばならぬ人ばかり

魚屋のをんなに袖にされて春

をんな来る春の鰹を提《ひっさ》げて

春の夜やデパスほんのり媚薬めく

春寒の笑顔にされし屍かな

吉野家は女子の結界朧の夜

宅配の釣銭濡らす春の雨

子規好きの新たな主治医あたたかし

老猫にして隻眼の恋の猫

絶望のパスタ祈望の花菫

白墨の長さを揃へ卒業す

見失ふために初蝶現はるる

初蝶をいつまでも追ふ漢かな

ボルシチ赤く桜けふ開花する

花を見て花を詠へる法悦《ボンネ》かな

規制線越え夕暮の飛花落花

雀蜂総身の疼くアカシジア

夜桜やぬるき空気を反芻す

病む妻が餃子ごはんを出す朧

信徒の書ページ繰るほどあたたかし

蝶々の聴力試験する博士

日高屋の湯麺啜るみどりの日

ババロアの匙から滑る暮春かな

聖五月生まれ月にて受洗月

葉桜の見向きもされぬ樹なりけり

母恋を母の日だけは解禁す

薫風やカレーの匂ひ漂へる

再度陰性絵に描いたやうな虹

素裸に妻の赤パン穿いてをり
夕立に声まで濡れてしまひけり

叛逆か従属か蟻迷走す

卯の花腐し赤ポストなほ赤し

どんぶりにアイスコーヒー呑んで真夜

食卓のランプシェードに蜘蛛の巣が

立ち竦む雨の中なる夏薊

正坐して待ちかまへたる梅雨入かな

寝たきりとなりたる妻に氷菓かな

吊忍妻がわが名を忘るる日

夕凪や神風の遺書泣きつつ読む

干涸らびし蚯蚓を十字切り土葬

無一物《するすみ》や冷し中華の酢にむせて

昼寝覚頰に涎と畳の目

父の日や父のいまはを悲しまず
伽羅蕗の旨き齢となりにけり

螢に水遣る延命措置として
紛失の句帖に梅雨の佳句ありき

髭生やす漢増えゆく油照

もう一度気の触れさうな大暑かな

蟬しぐれ怨嗟のごとく響きたり

ドリアンの匂ひに咽る原爆忌

「あたし生きてゐていいの？」秋簾

自傷して妻入院す断腸花

面会不可硝子越しなる電話秋

認知症の自覚は過酷秋の雷

わが部屋の散乱美しき秋暑かな

安泰のわが身疚しき秋出水

三重苦健気に生きつなぐ野菊

竜胆をみせても死にたがる妻よ

蟲すだくひとの数より多からむ
こんな濁世に福音の小鳥来る

ワクチンの消毒瓶に秋の蠅

有りの実と当りめ同じ忌み詞

辛うじてビルのあはひに望の月

自堕落に寝て颱風の一日過ぐ

秋桜お見合ひをしてみたかつた

秋うらら妻を電話で笑はせる

暮の秋急変の報来たりけり

君逝くや慟哭のなか露となり

逝く秋や妻の瞼を指で閉づ
木犀や死化粧の妻美しく

十月の予防措置こそ悔やまるる

病室の外《と》には小鳥と鴉の来

立冬や柩の妻に見惚れたる

冬うらら骨壺のまだあたたかく

小さき小さき妻とゐる居間小春かな

ずつと一緒だよ妻の遺骨に語る冬

さみしくて赤い縕袍を着てをりぬ

冬すみれわれの句ばかり詠みし妻

寒椿咲くを遺骨に告ぐるなり

妻一人守れず何の耶蘇冬至

わが名書き終へ亡き妻の日記果つ

妻の骨囓る狂気の年の暮

Ⅳ 白い闇

二〇二二年―二〇二三年

一一三句

二〇二一年

気の利かぬ亡妻《つま》だと屠蘇を手酌する

つくづくと寡夫たる自覚もつ初日

年男われに華甲の威厳なし
人参の甘し生くることの苦し

プロ意識剝き出しにする寒さかな

フランスで広島産の牡蠣喰ひし

わが街の名物練馬大根《だいこ》のみ
探梅を一緒にすると言つたのに

冬の蝶われより少し先に逝く

独り居の贅を尽くしておでん鍋

短日や時計を兼ねるもの数多

闇汁や喜怒哀楽をすべて入れ

恋猫よおまへも昼夜逆転か

春思うすれる善き弁護士と出会ひ

梅の花見頃天皇誕生日

雛の間をわが結界として鎖す

開かれしソナタの譜面蝶の昼

春の灯や漢に乳首ある条理

初蝶のマリアに隠れ身籠れり

春ひとり叉焼の耳宛てに呑む

木の芽時混み合うてゐる精神科

落第子ルーペで猫の毛を焦がす

君が待つ錯誤ありけり遠桜

転生の妻ゐて花の精となり

パンジーのロールシャッハに似てをりぬ

練馬から一歩も出ずに立夏かな

薫風や引越し先は風致地区

亡き妻に恥ぢぬ生き方せむと初夏

葉桜や騒めきの風生まれたる

走り梅雨ピザ屋のをんな﨟長けて

幽霊と異星人にはゐて欲しい
薔薇園にわがたましひを置いてきし

教会の傍に越したり新樹光

父の日や遺品恋文ばかりなる

ローステーキ自由と孤独なる梅雨入

老人の杖の一打に怯む蛇

ラム肉や体ぽかぽか汗を掻く

ポピー咲くタナトフォビアの薄れたり

梅雨寒や煙草屋遠く傘もなし

暑き日や置き配さるる炊飯器

犬の名をケイタと呼びぬ夏の星

寂寥を仔犬と分かつ梅雨の月

われに似て怖ぢ気づく犬梅雨の蝶

梅雨寒の犬と同衾してをりぬ

炎天の銃声あとは白い闇

空蟬の一切秘密なるいのち

国葬の賛否をはぐらかす海月

出目金の泪に誰も気づかざる

白シャツの何処にもゆかず汚れけり

国家とは人命《いのち》召すものの炎天下

告白も胡瓜も今はまつすぐに
星涼し邪悪なわれを主は愛す

翼あるものみな帰る大夕焼

滞納し電気止められたる酷暑

熱帯夜あぶらとり紙使ひきる
蝙蝠の支離滅裂に飛んでをり

仔犬にも寝言ありけり夜の秋

初盆の茄子と胡瓜がなかりけり

秋立つやゴミ出しだけはうまくなり

花カンナ自称「初老」の香山リカ

月光や妻の形見の青磁壺

戦争のいつまでつづく血の野菊

悪場所にゆく気になれず濁り酒

歯刷子に決定打なしかまどうま

若やかな弁護士の窓小鳥来る

生き死にを離れ眺むるまんじゆさげ

コスモスや風にへこへこしてゐたる

颱風や分離不安の犬とわれ

竜胆の濃き一点を見入るなり

あぶれ蚊を委細構はず討ちにけり

秋分の日の亡妻《つま》からの糸電話

秋の鰺お多福ソース塗れなる

北朝鮮が発射、Ｊアラート作動

けふもまたミサイルの飛ぶ文化の日

爽やかに泣いてゐるなり大花野

墓場まで持って行くこと毒きのこ

犬咬んではなさぬ新品の毛布

すき焼の具をやや冷ます生卵

風邪引かぬやうトリセツにある炬燵

月明にあらはになりし浮寝鳥

人数多なりマスクして孤で歩く

葬儀屋が寒き世相を語るなり

蜜柑置きそれらしくなる炬燵かな

木々の声囂《かまびす》しきは夕落葉

煮大根やわれは倖せものだつた

控へ目なイルミネーション待降節

仔犬ゐて落葉溜りを嗅ぎ廻る

漸くに体温計を買ふ師走

家々や瞬きそめし冬至の灯

天国へ行けぬ犬ゐて聖夜かな

住処あることのしあはせクリスマス

冬のブランコまひるまの少女坐す

餅・蜜柑・犬の餌買ふ年用意

わが膝に仔犬眠りしまま除夕

変はらずに地球は廻る初日の出

二〇二三年

喰積の膾に滋養なくも美味

淑気満ちたり一月の礼拝堂

玄関を出られぬほどに着ぶくれる

名を呼べばひよっこり炬燵から仔犬

両眼とも白底翳なり寒の内

ふらり入る検査帰りのけとばし屋

股引の適ふ齢となりにけり

健康や寒九の水で酒割れば

オペ終へし女医颯爽と水仙花

福豆の病院食に出でしかな

オペ中

笑気吸ひすこし朧となりにけり

春雪や関東平野塗りつぶす

春立つや犬の首輪の真新し

眼帯のサイボーグめく余寒かな

夜の梅爪の三日月消えにけり

啓蟄や昆虫食の販売機

トイプーの控除認めよ納税期

孤毒とはおさらば決めし春あした

異邦の神　畢

あとがき

本書は私の第三句集である。

妻は、私のすべてであった。

二〇二一年十一月二日早朝、敗血症性ショックで妻は帰らぬ人となった。コロナ禍で面会もままならず、最後に直接間近に話ができたのは、たった十五分間だった。免疫不全となった妻は塗炭の苦しみを舐めていた。私は己の無力さを痛感し、コロナ禍を憎んだ。そして夫婦というのは必ずどちらかが先立つ運命にあるという至極当たり前のことを思い知った。(しかし、嘗て大井恒行氏に「お二人は偕老同穴以上の仲ではないか」とのお言葉をいただいたのはよい思い出である。また、妻も私も再婚だったためか奇跡的に嫁姑の不仲は全くなかった。)

本句集の内容に直接関係のないことを更に記すことをお許し願いたい。

私は日本人でありながら、なぜか日本的なものがあまり好きではない。代々キリスト者の家系に育ったことと、高校がミッションスクールだったためかもしれない。

第二句集上梓後、複数の方から、信仰を深めそれをテーマにすることを勧められた。しかし、私の信仰心は無きに等しいほど浅いままで、礼拝もサボってばかりだった。

それでも或る秋の夜、プロセスは省くが、謂わば「歓喜の体験」があった。すなわち、神と私たちの和解のために、神のひとり子であるイエスが、私たちの罪を一身に背負い、十字架上で死んでくださったお蔭で、私たちの罪は贖われたという福音を、実感として、とっくりと思い知ったのだ。

私にとっては掛け値なしに生まれてから最も感慨深い体験で、男泣きに泣き、肩の震えが止まらなかった。私は罪を赦された罪人なのだとその時思った。そしてイエスは死んでから三日目、最後の敵である死に、神の力によって打ち勝ったことは、永遠の命の可能性を示す大きな福音である。

信仰心浅い私であっても、理想としては信仰詠に挑戦してみたい思いはあるが、俳句と（キリスト教）信仰はベクトルが異なるし、俳句には「ずらし」が必要な場合もあり、私には至難の業である。

本句集に収録されている句の殆どは「雪華」誌に掲載されたものである。橋本喜夫主宰には帯文を賜り、誠にありがとうございます。また、長年兄事する五十嵐秀彦さんには、大変乱れた句稿にもかかわらず、一次選句と栞文を快諾いただき、大変感謝申し上げます。

最後になりましたが、朔出版の鈴木忍様には本当にお世話になりました。大変乱れた句稿の整理をはじめ、厄介なお願いを聞き入れてくださり申し訳なく思いますとともに、貴重な助言を随時いただき、深甚なる感謝を申し上げます。

二〇二三年十月吉日

高橋亜紀彦

著者略歴

高橋亜紀彦（たかはし あきひこ）

1962年、東京都渋谷区生まれ。

2004年、「祭」（山口剛代表）入会、俳句をはじめる。

「金木星」「いつき組」「里」を経て、2012年、「藍生」（黒田杏子主宰）、「紫」（山﨑十生主宰）入会。同年、第一句集『蘭春』上梓。

2017年、第64回紫賞新鋭賞、第二句集『石の記憶』上梓、「銀化」（中原道夫主宰）入会。

2019年、「雪華」（橋本喜夫主宰）入会。

2022年、「篠」（辻村麻乃主宰）入会。

現在、「雪華」同人、「紫」同人、「篠」会員。現代俳句協会会員。

現住所　〒178-0061　東京都練馬区大泉学園町6-20-30-201

句集　異邦の神　いほうのかみ

2023年12月1日　初版発行

著　者　　高橋亜紀彦

発行者　　鈴木　忍

発行所　　株式会社 朔《さく》出版
〒173-0021　東京都板橋区弥生町49-12-501
電話　03-5926-4386　　振替　00140-0-673315
https://saku-pub.com　　E-mail　info@saku-pub.com

装　丁　　奥村靫正・星野絢香／TSTJ
印刷製本　中央精版印刷株式会社

ISBN978-4-911090-01-5　C0092　￥2500E